HENRY MOREAU & A. GRAMET

NOS

PETITES CHATTES

Vaudeville-Opérette en un acte

PARIS

C. JOUBERT, Editeur, 25, rue d'Hauteville

—

1897

C. JOUBERT, Éditeur de Musique

PARIS. — 25, RUE D'HAUTEVILLE, 25. — PARIS

RÉPERTOIRE

DES

OPÉRAS, OPÉRAS-COMIQUES ET OPÉRETTES

ABRÉVIATIONS : T. Veut dire : Du répertoire de la Société des Auteurs dramatiques ; le surplus étant du répertoire de la Société des Auteurs, Compositeurs et Editeurs de Musique.

LOC. Veut dire : N'existe que Répétiteur et orchestre, vente ou location.

Opéras, Opéras-Comiques et Opérettes en plusieurs Actes

Auteur	Titre		Prix
A. Godard	Amour qui passe (L') (3 actes) T (partition)		loc.
E. Missa	Belle Sophie (La) (3 actes) T ..	id.	net 12 »
H. Litolff	Boîte de Pandore (La) (3 actes) T	id.	net 15 »
R. Planquette	Cantinière (La) (3 actes) T	id.	net 10 »
R. Planquette	Cloches de Corneville (Les) (3 a.) T	id.	net 15 »
Verdi	Croisé en Egypte (Le) (3 actes) T	id.	loc.
Verdi	Deux Foscari (Les) (3 actes) T	id.	loc.
Marenco	Diable au corps (Le) (3 actes) T	id.	net 15 »
De Wenzel	Elève du Conservatoire (L')(3 a.) T	id.	net 12 »
H. Litolff	Escadron volant de la Reine (L') (3a.) T	id.	net 15 »
L. Vasseur	Famille Vénus (La) (3 actes) T	id.	net 12 »
Suppé	Fatinitza T	id.	loc.
H. Litolff	Fiancée du roi de Garbe (La)(3a.)T	id.	net 15 »
A. Louis	Goguette (La) (3 actes) T	id.	loc.
H. Litolff	Héloïse et Abélard (3 actes) T	id.	net 15 »
Verdi	Jérusalem T	id.	loc.
L. Vasseur	Mam'zelle Crénom (3 actes) T	id.	net 12 »
Pedrotti	Masques (Les) T	id.	net 15 »
H. Boullard	Niniche (3 actes) T (partition)		net 8 »
Deffès	Noces de Fernande (Les) (3 a.) T	id.	net 15 »
Hervé	Œil crevé (L') (3 actes) T	id.	loc.
J. Clerice	Pavie (3 actes) T	id.	net 12 »
Haackmann	Petit Moujik (Le) (3 actes) T.	id.	net 12 »
Poniatowski	Pierre de Médicis (4 actes) T	id.	net 20 »
Ch. Grisart	Poupées de l'Infante (Les) (3 a.) T	id.	net 15 »
Auber	Premier jour de bonheur (Le) (3 actes) T	id.	net 15 »
E. Missa	Princesse Nangara (La) (3 a.) T	id.	loc.
Auber	Rêve d'Amour (3 actes) T	id.	net 15 »
Boullard, Hervé et Lecocq	Roussotte (La) (3 actes) T	id.	net 10 »
R. Planquette	Surcouf (3 actes) T	id.	net 12 »
R. Planquette	Talisman (Le) (3 actes) T	id.	net 15 »
Ricci	Une folie à Rome (3 actes) T	id.	net 20 »
R. Planquette	Voltigeurs de la 32e (Les)(3 a) T	id.	net 12 »

Opéras-Comiques en un Acte

AUTEURS	TITRES DES ŒUVRES	Hommes	Femmes	Prix nets
H. Salomon	Aumônier du régiment (L') T ..	3	1	10 »
Samuel David	Bien d'Autrui (Le) T	2	1	8 »
L. Deffès	Bourguignonnes (Les) T	2	1	7 »
D. Bernicat	Cadets de Gascogne (Les)	troupe	»	7 »
L. Deffès	Café du Roi T	1	2	7 »
De Ste-Croix	Chanson du Printemps (La) T	4	2	8 »
R. Planquette	Chevalier Gaston (Le) T	2	1	8 »
J. Clerice	Hardi les Bleus T	troupe	»	6 »
Ch. Grisart	Memnon T	troupe	»	6 »
A. Turquet	Monsieur Pulcinella T	2	2	6 »
P. Henrion	Moulin de Javelle (Le) T	2	1	6 »
R. Planquette	Paille d'Avoine T	2	1	6 »
Th. Dubois	Pain bis (Le) T	troupe	»	8 »
De St-Croix	Rendez-vous galants (Les) T	troupe	»	10 »
E. Boussagol	Sabre enchanté (Le) T	3	1	6 »
De Mortarieu	Saint-Nicolas (La)	1	1	8 »
Desgranges	Vieux Sorcier (Le) T	troupe	»	8 »

Opérettes de Théâtre et de Concert

Auteur	Titre	Hommes	Femmes	Prix
De Campisiano	Absalon	1	3	6 »
F. Bernicat	Agence Rabourdin (L')	1	1	5 »
G. Street	Amour en livrée (L')	3	1	5 »
Desormes	Amour et l'appétit (L')	1	1	4 »
Ch. Lecocq	Amour et son Carquois (L') T	2	13	8 »
A. Petit	Amoureux d'Yvonne (Les) T	5	3	loc.
V. Roger	Amour Quinze-Vingt (L')	3	1	4 »
Desormes	Antoine et Cléopâtre T	1	2	4 »
J. Emmecé	A qui le gosse ?	troupe	»	loc.
M. Chautagne	Arracheuse de dents (L')	2	1	4 »
Géraldy	Ascension du Mont-Blanc (L')	1	1	4 »
Banès	Au Coq huppé	3	2	5 »
Lebreton-Moreau	Au temps des cerises T	5	3	loc.
Guérineau	Auteur par amour	4	2	5 »
Lebreton-Moreau	Autour d'une guérite T	3	2	loc.
Deransart	Baigneur et nageuse	1	1	3 »
Leserre	Barbe-Bleue	1	»	2 »
Offenbach	Ba-ta-Clan T	troupe	»	8 »
Wachs	Bibi ou l'Enfant de l'Amour	1	1	4 »
Villebichot	Boum ! Servez chaud !	3	2	4 »
Hubans	Breland de bègues	2	1	5 »
Banès	Cadiguette (La)	1	1	1 »
Javelot	Calino amoureux	2	1	»
Cellot	Canne d'un grand homme (La) T	2	2	loc.
V. Herpin	Capricorne (Le)	troupe	»	loc.
F. Barbier	Carmagnole (La)	3	9	5 »
Lebreton-Moreau	Carnaval conjugal (Le) T	9	3	loc.
Chelu	Chambre à louer	1	1	1 50
Moreau	Chambre de bonne T	troupe	»	loc.
R. Planquette	Champignolette T	troupe	»	loc.
V. Roger	Chanson des Ecus (La)	3	1	4 »
P. Henrion	Chanteuse par amour (La) T	»	1	6 »
E. André	Chaos (Le)	1	1	4 »
Lebreton-Moreau	Chasseurs Alpins (Les) T	6	6	loc.
Cieutat	Chaste Suzanne (La) T	troupe	»	4 »
Meynard	Chez le dentiste	3	1	8 »
Lhuillier	Chez les Corniquets	1	»	4 »
C. Rosenquest	Chicard et Bébé	1	2	4 »
Bonnier	Chien et Chat T	4	1	5 »
Villebichot	Cirque Ponger's (Le)	troupe	»	»
L. Collin	Coco Bel-Œil	3	1	6 »
A. Petit	Cocote et chiffonnier	1	1	5 »
Villemer / Delormel / Péricaud	Colosse de Rhodes (Le)	3	»	4 »
A. Petit	Confection pour dames	2	4	5 »
Lebreton-Moreau	Conscrits bretons (Les) T	7	5	loc.
L. Collin	Conscrit tyrolien (Le)	1	1	3 »
Lebreton-Moreau	Cote et Cocottes	4	4	3 »
De Roze et d'Arsay	Culotte du marié (scène) (La)	»	1	0 50
Lebreton-Moreau	Dans cent ans T	2	11	loc.
Sourilas	Dégrafée T	3	3	5 »
L. Lefèvre	Dernier verre (Le)	2	1	4 »
F. Barbier	Deux amours de chandeliers	1	1	5 »
F. Matz	Deux avares (Les) T	2	1	8 »
Ch. Hubans	Deux coqs vivaient en paix	2	1	6 »
F. Gracia	Deux estafiers (Les)	2	»	2 »
M. Chautagne	Deux muses (Les)	2	»	4 »
F. Barbier	Deux parfaits notaires (Les)	3	»	4 »
Hervé-Lecocq	Deux portières pour un cordon T	2	»	4 »

NOS PETITES CHATTES

Vaudeville-Opérette en un acte

Représenté pour la première fois à Paris, au BIJOU-CONCERT *(direction* H. MASSON*)*
le Vendredi 23 Avril 1897

———◎———

PERSONNAGES ET DISTRIBUTION

Ludovic Robardel, rentier	5o ans. .	MM.	A. GRAMET.
Victor Duvernier, son neveu, étudiant	25 ans. .		GIBERT.
Jérôme Clandestin, domestique	25 ans. .		LERDA.
Malvina, demi-mondaine	25 ans. .	Mmes	ALZA BURARD
Paulinette, —	20 ans. .		LIANE DESTY.
Cora —	20 ans. .		DORIA.

CETTE PIÈCE EST DÉCLARÉE
à la Société des Auteurs, Compositeurs et Editeurs de musique
(V. SOUCHON, agent général)

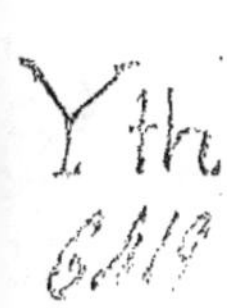

RÉPERTOIRE HENRY MOREAU

Pièces en un acte faciles à monter

déclarées à la Société des Auteurs, Compositeurs et Editeurs de musique

(V. SOUCHON, Agent Général)

Chez le même Editeur :

			3 hommes		3 femmes	
Passse-moi ta femme !...........................						
Professeur de chant, petite opérette, musique de WALTER..			1	—	1	—
Avant le Bal,	—	—	1	—	1	—
A l'étrier d'Or, opérette, musique de J. DESCHAUX			3	—	2	—
Une Mauvaise Nuit...............	avec H. DARSAY.		2	—	2	—
Le Spiritisme des Familles.........	—		4	—	4	—
Les Carottiers....................	—		4	—	3	—
30,000 francs par an	—		2	—	2	—
Nos petites Chattes...............	avec A. GRAMET.		3	—	3	—
Ma Colonelle !...................	—		2	—	2	—
Cinq contre un	—		4	—	3	—
Bougnol et Bougnol	—		4	—	2	—
Gai ! gai ! mariez-vous !..........	avec G. TOUZÉ.		4	—	3	—
Le Diable au moulin (*à spectacle*)...	avec H. BOUCHERAT		6	—	12	—
Le Vert galant (*à spectacle*)........	—		7	—	10	—
La Momie (avec L. NEMO) opérette, musique de WAÏSS.....			3	—	1	—

NOS PETITES CHATTES

Vaudeville-Opérette

PAR

MM. HENRY MOREAU ET A. GRAMET

Un salon chez Malvina. Portes au fond; portes latérales. A droite, un canapé; à gauche, un petit bureau. Au fond, à droite, cheminée; au fond, à gauche, une fenêtre. Au premier plan, à gauche, un guéridon. Deux chaises.

SCÈNE I

Malvina, Cora, Paulinette

Au lever du rideau, Malvina est étendue sur le canapé et fume une cigarette. Paulinette lui fait vis-à-vis, à cheval sur une chaise. Cora, assise à la turque sur un pouf, fume également.

ENSEMBLE

Nos belles petites chattes
Elles ont du poil aux pattes ;
Après un bon déjeuner
Ell's ne pensent qu'à flâner.
Nos belles petites chattes
Elles ont du poil aux pattes ;
Il faut bien se reposer,
C'est fatigant de s'amuser.

PAULINETTE

La cocotte pour pas s'embêter
Ador' griller une cigarette !

CORA

Moi, quand je manque de gaîté,
L'tabac me met la joie en tête !

MALVINA

Pourtant, mes p'tit's chatt's, aujourd'hui,
J'ai beau fumer comme un vrai Suisse,
J'conserv' toujours le même ennui !
Je voudrais bien que ça finisse !

REPRISE DE L'ENSEMBLE

Nos belles petites chattes, etc...

PAULINETTE

Le fait est, Malvina, que tu as l'air aussi 1830 que ton nom. Qu'est-ce qu'il y a ? Ton béguin t'a fait des traits ?

CORA

Malvina n'a pas de béguin !

MALVINA

Pour ça, non ! je n'ai pas de béguin ! L'amour, c'est un luxe trop cher pour nous ! Dans notre carrière, il faut laisser Cupidon au vestiaire.

CORA

En voilà des théories ! On peut bien être cocotte et avoir un cœur.

MALVINA

Possible, mais à la place du cœur il vaut mieux se figurer avoir un louis ou un billet de banque.

PAULINETTE

Tu ne penses qu'à la galette, c'est cela qui te rend si triste !

MALVINA

Parbleu ! si tu crois que c'est gai ! Il y avait hier aux courses un cheval à 125 contre 1 !

CORA

Tu as perdu ?

MALVINA

Non, je n'ai pas joué !

PAULINETTE

Je ne comprends pas !

MALVINA

Je pense que j'aurais pu mettre cinq louis sur ce cheval, qui m'aurait rapporté 1,250 fr. C'est ça qui me fait broyer du noir.

CORA

Ce que t'en as des idées ! Ça me rendrait malade de me turlupiner comme ça !

PAULINETTE

Nous ne pensons qu'à la rigolade, nous autres.

MALVINA

A l'amour ! à la grande noce ! A votre aise, mes petites chattes ! Moi, j'aime mieux le pognon, comme vous le dites si élégamment. Il est vrai que vous fréquentez les cafés-concerts.

CORA

Pour sûr que nous y allons, au beuglant !

PAULINETTE

Toi, tu ne vas qu'à l'Odéon ou à l'Opéra-Comique, chacun son goût !

CORA

A l'Opéra-Comique ! T'espères peut-être y trouver un mari ?

PAULINETTE

Malvina mariée, c'est ça qui sera fort de café !

MALVINA

Vraiment ! cela serait si drôle que ça ! Eh bien ! mes petites chattes, apprêtez-vous à rire. Je vais me marier !

CORA

Hein ? Cela ne m'étonne plus si tu fais une sale poire !

PAULINETTE

Tu te maries ! Laissez-moi me tordre !

MALVINA

Tords-toi, ma chère. Tirbouchonne-toi si tu veux, c'est comme ça !

CORA

Sans blague ? tu épouses ? J'en suis baba !

PAULINETTE

Quel est l'imbécile qui consent à...

MALVINA

Si vous dites des insolences, je vous plaque ! Vous devriez être contentes et fières, an contraire, d'apprendre qu'une cocotte de vos amies va devenir une honnête femme !

CORA

On n'est pas honnête parce qu'on se marie !

PAULINETTE

Pour sûr ! Il y a des femmes mariées qui se conduisent comme des grues !

CORA

Qui épouses-tu ? Ah ! j'y suis ! ton dernier amant, ce gentil garçon qui se ruinait pour toi !

MALVINA

Victor ? Vous n'y êtes pas du tout ! C'est lui, au contraire, que je vais lâcher pour me marier avec un riche espagnol.

CORA

Un Espagnol ? Quelque rastaquouère!

MALVINA

Non, ma chère ; un riche commerçant qui a trois millions de fortune.

CORA

Un commerçant ! Qu'est-ce qu'il vendait ?

MALVINA

Il s'est enrichi en vendant des taureaux apprivoisés à l'usage des toréadors maladroits.

PAULINETTE

Méfie-toi ! Cet homme-là doit avoir l'habitude du chichi ! Gare au lapin !

MALVINA

Je n'ai rien à craindre ! Mon Castillan vient de m'acheter un hôtel rue Marbeuf. C'est l'homme qu'il me faut !

PAULINETTE

Tu pourras le tromper, il ne s'en apercevra pas ! il a l'habitude des bêtes à cornes ! Un hôtel ! veinarde, va !

CORA

Dis donc, Malvina, est-ce que tu nous y recevras ?

MALVINA

Pourquoi pas ? Et je te promets que nous y ferons de bonnes petites noces !

CORA

Et Victor ! Qu'est-ce qu'il va dire de ça ?

MALVINA

Il ne sait rien encore !

CORA

Ce pauvre garçon ! Il va en avoir du chagrin !

MALVINA

Qu'il en ait ou qu'il n'en ait pas, je m'en moque ! Il ne s'est pas inquiété de savoir si j'aurais du chagrin lorsqu'il a voulu épouser sa cousine. Si je n'avais pas fait du pétard, il y a longtemps que le coup serait fait, et comme, un jour ou l'autre, cela doit arriver fatalement, j'aurais bien tort de me gêner ! Je trouve un millionnaire, ça ne se rencontre pas tous les jours : ils sont rares !

PAULINETTE

Malvina a raison !

MALVINA

Les hommes ne se gênent pas pour nous, ne nous gênons donc pas pour eux !

Tous les hommes sont des farceurs !
Ils nous font de belles promesses,
Nous prodiguent mille caresses
Afin d'obtenir nos faveurs.
Ils se traînent à nos genoux,
Se pâment en faisant les doux ;
Si vous leur cédez, ah ! ma mère !
Après, les gueux nous envoient faire
Lanlaire !

CORA

Tu as fait manquer le mariage par une bonne rosserie, en envoyant à la fiancée une lettre et une photographie de Victor où il y avait une dédicace.

MALVINA

A ma petite Malvina chérie, son Victor pour la vie !

CORA

Des vers comme sur les mirlitons.

PAULINETTE

La pauvre cousine a montré tout à son père et n'a plus voulu de son cousin. C'était tout de même muffe de ta part !

MALVINA

Je m'en fiche ! Je ne suis pas à une rosserie près ! L'important, c'est que Totor m'est revenu plus amoureux que jamais ! Pour moi, il gobe toujours sa cousine, sans l'avouer ; et c'est reculer pour mieux sauter. Si la petite revenait sur sa décision, Victor ne serait pas long à voler vers elle. Je ne crois qu'à moitié à ses protestations amoureuses !

CORA

Oh ! les hommes ! les hommes ! le meilleur ne vaut pas tripette !

PAULINETTE

Si seulement on pouvait s'en passer !

MALVINA

On se passerait bien d'eux, mais il y a la galette !

PAULINETTE

Quand nous présenteras-tu à ton futur mari, à ton crésus ?

MALVINA

Je l'attends aujourd'hui. Il m'a fait dire qu'il se présenterait chez moi vers quatre ou cinq heurss ; nous devons dîner ensemble. Mais j'ai le trac qu'il ne se trouve nez à nez avec Victor !

CORA

C'est ça qui ne serait pas rigolo ! Oh ! tu trouveras bien un moyen d'arranger les choses !

PAULINETTE

Les hommes sont si gourdes !

SCÈNE II

Les Mêmes, Clandestin, puis Victor

CLANDESTIN

Peut-on entrer ?

CORA

Tiens ! voilà Clandestin !

PAULINETE

Cet abruti de Clandestin !

CLANDESTIN

Mamzelle Paulinette, vous avez tord de me méca-
niser, je ne suis pas un abruti, je suis amoureux !

PAULINETTE

Ah ! Clandestin ! amoureux, elle est bien bonne !
(Elle rit).

CLANDESTIN

Il n'y a pas de quoi rire, c'est dans la nature !
Tout ici-bas est amoureux : les hommes, les animaux
et les larbins ! L'amour, mais c'est un besoin na-
turel !

AIR

C'est un besoin de la nature,
On ne peut vivre sans aimer ;
Quand ça vous prend, je vous assure
Qu'on ne peut guère résister !
Tout le jour votre cœur palpite
Et la nuit, lorsque vous dormez,
Ça vous talonne, vous irrite,
Ça vous chatouille dans le nez !
C'est une sensation étrange,
Ça fait rire et ça fait pleurer ;
Comme la gale qui démange
Ça vous empêche d'engraisser,
Ça vous bourdonne dans la tête,
On perd tout, même l'appétit,
On s'éteint petit à petit,
Bref, en un mot, ça vous rend bête !

MALVINA

Clandestin, si ton amour égale ta bêtise, tu dois
aimer profondément ! (Elle rit).

CLANDESTIN, à part

Elle rit !... Ah ! si elle pouvait lire dans mon
cœur ! (Haut). Riez ! riez !

PAULINETTE, chantant

Ma béééélle ! riez, riez toujours..

MALVINA

Et de qui es-tu amoureux

CLANDESTIN

D'une *fâme* !

CORA

Ah ! ce n'est pas d'un auvergnat !

PAULINETTE

Son nom ! dis-nous son nom, mon petit Clandestin ?

CORA

Oh ! voui !

CLANDESTIN

Jamais ! c'est un secret entre mon cœur et moi, un
béguin secret ! Il est gravé sur mon sein !

MALVINA

Je parie qu'il s'est fait tatouer !

CORA

Tu nous le montreras !

CLANDESTIN

Mon sein ? Jamais !

CORA

Non, ton béguin !

CLANDESTIN

C'est impossible !

CORA

Elle est donc bossue ?

PAULINETTE

Borgne ?

MALVINA

Bancale ?

CLANDESTIN

Ne vous moquez pas ! Elle est aussi bien faite que
vous et moi !

TOUTES, riant

Ah ! ah ! ah !

CLANDESTIN, à part

Et dire que je suis forcé d'étouffer mes senti-
ments !
(Elles continuent à rire).

VICTOR, entre chargé de provisions

Tiens ! tiens ! on n'a pas l'air d'engendrer la mé-
lancolie ! Mesdemoiselles, votre serviteur !

MALVINA

Victor ! (Elle va à lui).

CLANDESTIN, à part

Lui ! toujours lui !... Ah ! tais-toi, mon cœur ! ronge ton frein ! pose ta chique et fais le mort !

VICTOR

Ma petite Malvina, j'arrive chargé comme un mulet !... Je viens dîner avec toi. Ces demoiselles ne sont pas de trop, plus on est de fous, plus on rit, et j'ai l'intention de faire des folies ! Tiens, Clandestin, porte tout ça à la cuisine, et fais attention, j'ai là une superbe friture que j'ai pêchée moi-même.

CLANDESTIN, le débarrassant

Faut-il qu'un homme soit abruti pour passer son temps au bout d'un bâton, à regarder un bouchon nager sur l'eau !

VICTOR

Monsieur Clandestin, je vous prie de garder vos réflexions pour vous... ou de les faire devant vos fourneaux !

CLANDESTIN

J'y vas devant mes fourneaux (à part, en s'en allant). J'ai soulagé mon cœur ; j'ai vexé mon rival ?
(Il sort par le fond).

SCÈNE III

Malvina, Cora, Paulinette, Victor

VICTOR, à Malvina

Mais qu'as-tu donc ma poulette ? Tu n'as pas ton air de tous les jours ! (Il la prend par la taille et la conduit sur le canapé en causant bas. Paulinette remonte derrière le canapé et va rejoindre Cora).

CORA, bas à Paulinette

Je me demande comment elle va s'y prendre pour l'évincer !

PAULINETTE, même jeu

Ne t'en préoccupe pas ! ce n'est pas cela qui l'embarasse.

MALVINA

Mon pauvre Totor, je suis bien contrariée !

CORA, à Paulinette

Ça commence ! (Elles s'asseyent près du guéridon et écoutent en regardant des journaux de mode).

VICTOR

Contrariée... et pourquoi ?

MALVINA

Je suis navrée, navrée ! Je ne puis te garder ce soir à dîner... parce que...

VICTOR

Parce que ?...

MALVINA

J'attends mon oncle.

VICTOR

Ton oncle ! Tu as un oncle ? Depuis quand ?

MALVINA

Depuis hier. N'est-ce pas, Paulinette ?

PAULINETTE

Le frère de sa propre mère.

VICTOR

Ah bah !

CORA

Un oncle à galette !

MALVINA

Il arrive des Indes, de l'Autriche, de l'Océanie ! Il est parti très jeune pour faire fortune... au Canada...

VICTOR

Avec sa canne ?

MALVINA

Et comme il n'a pas d'enfants, il veut me faire son héritière. Ce qui m'embête, c'est qu'il est un peu sauvage, et à cheval sur les mœurs ! Il me croit vertueuse et sage, et dame ! s'il te voyait ici, il serait capable de se porter à des voies de fait sur ta personne !

VICTOR

Il est si à cheval que ça sur les mœurs, ton Canada ?

PAULINETTE

Je crois bien ! Il fait partie de l'armée du

VICTOR

Moi qui me faisais une fête de passer la soirée avec toi ! Que le diable emporte ton oncle !

MALVINA

Ne dis pas cela, malheureux ! S'il t'entendait...

VICTOR

Alors, tu me mets à la porte !

MALVINA, le câlinant

Peux-tu dire une chose pareille ! Moi qui t'aimes tant ! Voyons, mon mignon, sois raisonnable !

VICTOR

Mais quand pourrai-je te revoir ?

MALVINA

Viens demain matin, mais sauve-toi vite ! Mon oncle peut arriver d'un moment à l'autre, et cela ferait du vilain !

PAULINETTE, à Cora

Elle en a une santé !

VICTOR, se levant

Allons, je pars ! J'étais sûr qu'il m'arriverait quelque chose de fâcheux aujourd'hui, j'ai eu trop de chance à la pêche ! Comme dit le proverbe : « Heureux à la pêche, malheureux en amour !... » Allons, à demain, ma chérie ! (Il l'embrasse.) Et pense à ton petit Totor ! (Il va pour sortir par le fond.)

MALVINA

Non, pas par là ! Passe par le petit escalier, tu n'aurais qu'à rencontrer mon oncle, cela éveillerait ses soupçons.

> Agissons avec prudence !
> De mon oncle, mon chien chien,
> Pour éviter la présence,
> Nous nous en trouverons bien !

ENSEMBLE

VICTOR	PAULINETTE et CORA
Pour agir avec prudence,	Agissez avec prudence,
De son oncle, nom d'un chien !	De son oncle, nom d'un chien !
J'dois éviter la présence,	Faut éviter la présence,
Après tout c'est pour mon bien !	Vous vous en trouverez bien !

(Victor sort à gauche. — Malvina l'accompagne jusqu'à la porte.)

SCÈNE IV

Malvina, Paulinette, Cora, puis Clandestin

MALVINA

Ce n'est pas plus malin que ça ! Le tour est joué ! (Elle sonne.)

CORA

Ce pauvre Totor ! Ça me me fait de la peine pour lui !

MALVINA

Tu es trop bonne, ma chère ; c'est ce qui fait que les hommes se paient ta tête dans les grandes largeurs... et te posent des lapins !

CLANDESTIN

Madame m'a sonné ? (A part.) Ah ! tais-toi, mon cœur !

MALVINA

Clandestin, j'attends une visite.

CLANDESTIN

Un médecin ? Madame serait-elle souffrante ?

MALVINA

Non ; j'attends mon oncle.

CLANDESTIN

Madame attend son oncle ? (A part.) Ah ! si seulement j'étais sa tante !

MALVINA

On se mettra à table à six heures. Vous mettrez quatre couverts : mon oncle et ces demoiselles dînent avec moi.

CLANDESTIN

Ah ! ces demoiselles... Ben, et l'autre ?

MALVINA

Qui, l'autre ?

CLANDESTIN

M. Victor, celui que vous choyez, que vous dorlottez, que vous comblez de vos faveurs, cet homme que vous idolâtrez et que moi je... (A part.) J'allais me trahir !

MALVINA

Mais qu'avez-vous donc, Clandestin, vous paraissez tout bouleversé ?

CLANDESTIN, se remettant

Moi ? Non, madame... C'est le temps, le temps est malsain... En ce moment, il y a beaucoup de monde de bouleversé !

MALVINA

Vous avez bien compris, n'est-ce pas ? Quatre couverts.

CLANDESTIN

Oui, madame, quatre ; j'ai bien compris. Ah ! madame, malgré tout le respect que je vous dois, permettez à un homme amoureux de déposer sur vos jolies menottes des baisers incandescents et vaporeux ! (Il se jette à ses genoux et lui baise les mains.)

MALVINA, retirant sa main

Ah ! ça, mais vous êtes fou ! Relevez-vous ! Si l'on vous voyait à mes pieds !

CLANDESTIN, il remonte un peu, tout penaud

Pardonnez mon audace, madame, pardonnez l'élan d'un cœur qui déborde d'amour.. Comme Ruy-Blas, amoureux d'une étoile, je suis un larbin qui...

MALVINA

Fermez, mon ami, fermez ! Vous allez dire des bêtises ! Je vous pardonne, mais ne recommencez pas ! Gardez vos transports pour celle que vous aimez ! Allons, calmez-vous, Clandestin, et songez à ce que vous avez à faire !

CLANDESTIN

Je vais aller chercher le dîner.

MALVINA

C'est inutile ! Servez-vous de ce que Victor vient d'apporter. (A Paulinette et à Cora.) Venez-vous ? (Elle sort.)

CORA et PAULINETTE, passant devant Clandestin

Pauvre Clandestin ! (Elles sortent à droite.)

SCÈNE V

Clandestin seul, puis **Robardel**

CLANDESTIN, silence

Oh ! les femmes ! les femmes ! Ah ! oui, pauvre Clandestin ! Vous avez raison, filles de marbre ! Cette femme est aveugle comme les estatues du jardin du Luxembourg ! Elle n'a pas compris à ma figure *hagarde* et à mes soupirs *blafards* que c'est elle qui fait battre la breloque au cœur que je dissimule sous ma flanelle ! Elle est farcie d'amour pour ce Victor que je hais ! Ce qu'il lui faut, c'est le luxe, l'or, les bijoux ! Ah ! si seulement j'étais riche ! Si j'avais une pièce de quinze cents francs de rente ! Elle serait à moi ! rien qu'à moi ! Je pourrais la couvrir de soie et de velours !... Ah ! ça, quel peut bien être cet oncle dont je n'ai jamais entendu parler ? (On sonne.) C'est peut-être lui !... (Il va ouvrir.) Entrez, monsieur ! (A part.) Un inconnu que je ne connais pas ! Serait-ce un étranger ? (Haut.) Monsieur demande ?

ROBARDEL

Ta maîtresse est-elle visible ?

CLANDESTIN, à part

Ma maîtresse ! Ce mot chatouille agréablement mon oreille ! (Haut.) Monsieur, je ne sais pas si ma maîtresse est visible ; elle est avec deux de ses amies, Mlle Cora et Mlle Paulinette !

ROBARDEL

Ne la dérange pas, je ne suis pas pressé... J'attendrai. (Il passe et s'assied sur le canapé.)

CLANDESTIN

Comme monsieur voudra. (A part.) Il n'est pas beau, notre oncle ! (Il examine Robardel qui tourne le dos.)

SCÈNE VI

Les Mêmes, Victor

VICTOR, paraissant à gauche

Ah ! l'oncle ! Cet oncle me semble louche, et je suis revenu !

CLANDESTIN, s'avançant vers Robardel

Monsieur n'a pas besoin de moi ?

ROBARDEL

Si ! Peux-tu me donner quelques renseignements sur ta maîtresse ?

VICTOR, à part

Tiens ! Tiens !

CLANDESTIN

Dame, Monsieur, ça dépend.

ROBARDEL

Du prix ? Qu'à cela ne tienne ! Tiens, voilà dix francs pour commencer .. Nous verrons après.

CLANDESTIN, à part

Dix francs ! C'est un oncle d'Amerique !

VICTOR, à part

Un oncle qui casque pour avoir des renseignements... C'est relouche ! Écoutons. (Il rentre à gauche.)

CLANDESTIN

J'écoute, monsieur.

ROBARDEL

Je te prévieus que si tu me dis la vérité, tu n'auras pas à t'en repentir !

CLANDESTIN

Sur mon âme et conscience, je jure de dire la vérité, toute la vérité, rien que la vérité !

ROBARDEL

Très bien ! Dis-moi, vient-il beaucoup d'hommes ici ?

CLANDESTIN

Pas mal ! Le concierge vient tous les jours, le lundi, c'est le frotteur, le mardi et le jeudi, c'est le porteur d'eau, le charbonnier, tous les matins le coiffeur, le...

ROBARDEL

Il ne s'agit pas de ces gens-là ! Ce que je désire savoir, c'est si ta maîtresse à des amants !

CLANDESTIN

Elle en a un, Monsieur, un seul, mais pour moi, c'est dix de trop !

ROBARDEL

Il se nomme ?

CLANDESTIN

Victor Duverdier.

ROBARDEL

Et il est aimé ?

CLANDESTIN

Aimé ! mais c'est-à-dire que ma maîtresse en est folle, timbrée, elle en deviendra maboule !

ROBARDEL

Elle est si éprise que ça ? En es-tu bien sûr ?

CLANDESTIN

Dame, monsieur, ça ne peut pas être autrement, puisqu'elle a fait rompre un mariage pour se marier avec lui, sans doute !

ROBARDEL

Oui, ça doit être son idée ! mais ce mariage n'est pas encore fait... et il ne se fera pas !

CLANDESTIN

Ça, par exemple ! j'en mettrai pas ma main au feu ! En écoutant aux portes comme par hasard, j'ai entendu parler de mariage.

ROBARDEL

Je te répête qu'il ne se fera pas, car moi, je me charge de le faire rompre !

CLANDESTIN, à part

Oh ! le brave oncle ! J'ai envie de lui demander la main de sa nièce !

VICTOR, se montrant, à part

Cela devient très intéressant ! J'ai eu bon nez de revenir ! (il se cache.)

CLANDESTIN

Mais comment vous y prendrez-vous, mon oncle ? Pardon, monsieur notre oncle, pour empêcher ma maîtresse d'épouser monsieur Victor ?

ROBARDEL

Comment ? mais le moyen est bien simple : en l'épousant moi-même.

VICTOR, se moutrant, à part

Ah ! bah ! de mieux en mieux ! (il se cache.)

CLANDESTIN

Epouser ma maîtresse ! vous, son oncle ?

ROBARDEL

Son oncle, moi ! mon ami, tu est fou ! Je ne suis pas plus son oncle que toi !

CLANDESTIN et VICTOR

Elle me trompait ! (Victor se cache.)

CLANDESTIN, à part

Un rival de plus sur les bras ! Si je pouvais le dégoûter de ma maîtresse ! (Haut.) Alors, vous êtes décider à conduire ma volage patronne à l'autel ?

ROBARDEL

Certes ! mais tu me dis cela d'un drôle d'air !

CLANDESTIN, à part

Ma foi, tant pis ! je mets les pieds dans le plat !
(Haut) Tenez, Monsieur, je ne vous connais pas mais
vous avez une figure qui me revient !

ROBARDEL

Je suis enchanté de...

CLANDESTIN

Eh ! bien, ça me fait de la peine de vous voir faire
une boulette pareille ! je vous le dis sincèrement,
aussi vrai que j'ai nom Jérôme Clandestin, ma maîtresse n'est pas la femme qu'il vous faut ! A votre
place, je ne voudrais pas lui confier ma tête !

ROBARDEL

Et pourquoi ?

CLANDESTIN

Parce que ma maîtresse est une bonne personne,
mais elle possède tous les défauts !

ROBARDEL

Toutes les femmes en ont !

CLANDESTIN

Pas tant qu'elle ! (à part) Je brise mon idole, mais
c'est pour le bon motif.

ROBARDEL

Et peux-tu me citer quelques-uns de ces défauts ?

CLANDESTIN

D'abord comme je vous l'ai déjà dit, elle raffole
de Monsieur Victor.

ROBARDEL

Ce n'est pas un défaut, c'est un caprice qui se
passera.

VICTOR, se montrant

Vieux singe, va ! (il se cache)

ROBARDEL

Continue !

CLANDESTIN

Elle est gourmande !

ROBARDEL

Tant mieux ! Elle fera faire de bonne cuisine,
c'est un défaut excellent !

CLANDESTIN

Paresseuse, menteuse !

ROBARDEL

Charmant ! Elle se corrigera !

CLANDESTIN, à part

Il ne se décourage pas ! (Haut.) Joueuse ! elle
jouerait jusqu'à sa chemise !

ROBARDEL

Nous jouerons ensemble.

CLANDESTIN

Elle fume la cigarette.

ROBARDEL

Tant mieux ! Elle ne se plaindra pas de l'odeur
du tabac !

CLANDESTIN, à part

Ah ! ce qu'il est tenace ! (Haut.) Elle fume la pipe !

ROBARDEL

Nous en culotterons en tête à-tête !

CLANDESTIN, à part

Donnons-lui le coup de massue ! (Haut.) Elle fait
de la bicyclette !

ROBARDEL

Bravo ! bravissimo ! j'achèterai un tandem et nous
pédalerons comme deux amoureux !

CLANDESTIN, à part

Il y tient vraiment ! c'est une vraie glu, ce bon-
homme-là ! (Haut.) Du moment que Monsieur est
bien décidé, je n'ai plus rien à lui dire, mais si un
jour ou l'autre Monsieur était transformé en cerf, il
n'aurait qu'à s'en prendre à lui-même !

ROBARDEL

On ne peut échapper à sa destinée ! Si je dois
l'être, je le serai. Je m'en consolerai en pensant
que je ne suis pas le premier !

CLANDESTIN

Et puis, comme dit le proverbe ; Il vaut mieux
être cocu qu'aveugle !... Après tout, si c'est le goût
de Monsieur, il aurait bien tort de ne pas profiter
de l'occasion. (On sonne.) Ah ! voilà Madame qui me
tinte... je vous quitte.

ROBARDEL

Va, mon garçon, et en même temps, préviens la maîtresse de mon arrivée. (Il s'assied et se remet à lire.)

CLANDESTIN

Oui, monsieur. (A part, en sortant.) O Cupidon ! dieu des Amours, inspire-moi ! et donne-moi le courage et la force de pulvériser mes deux *rivals* ! (Il sort.)

SCÈNE VII

Robardel *puis* Clandestin

ROBARDEL, arpentant la scène

Allons, je crois que tout marchera au gré de mes désirs et que j'arriverai sans peine à empêcher ce mariage. La belle est entichée de ma fortune, elle n'hésitera pas et renoncera d'elle-même à épouser !

CLANDESTIN

Madame attend monsieur. Si monsieur veut se rendre auprès de madame, madame est prête à recevoir monsieur.

ROBARDEL

Conduis-moi près d'elle.

CLANDESTIN

Inutile, monsieur, vous la trouverez dans le petit salon.

ROBARDEL

Et où se trouve ce petit salon ?

CLANDESTIN, distrait

Par là ! dans la cuisine. (Il indique la droite.)

ROBARDEL

Merci. (A part, en sortant.) Je crois que ce garçon a le cerveau un peu fêlé ! (Il sort.)

SCÈNE VIII

Clandestin *puis* Victor

CLANDESTIN

Et dire que je vais être forcé de le servir à table ! Oh ! par moments, j'ai des idées criminelles ! J'ai des envies de marcher sur les traces des Borgia, des Lacenaire et des Dumollard ! Comment cela finira-t-il ? je l'ignore ! Lequel de nous trois sera le vainqueur ? Dieu seul le sait ! Enfin, qui vivra verra ! allons dresser le couvert ! (Il va pour sortir.)

VICTOR

Clandestin ?

CLANDESTIN

Que vois-je ? Monsieur Victor ?

VICTOR

Ah ! mon ami ! mon frère ! Laisse-moi te presser sur mon cœur ! Ta conduite est noble ! Je te revandrai cela ! Tu as travaillé dans mon intérêt, encore une fois, merci !

CLANDESTIN, à part

Son frère ! son ami ! ô dérision ! Ne laissons rien paraître, laissons-le patauger dans le labyrinthe de l'erreur nébuleuse ! (Haut.) Alors, vous avez entendu ?

VICTOR

Tout ! tout ! tout !... D'après la conduite de Malvina, tantôt, ce congé auquel je ne m'attendais guère, son trouble... tout cela m'a fait soupçonner une trahison ! J'ai fait semblant de couper dans le pont et je suis parti avec l'intention de revenir.

CLANDESTIN

Incognito !

VICTOR

Comme tu le dis. Grâce à cette petite clef qui ne me quitte jamais, j'ai pu pénétrer sans éveiller l'attention de personne... et derrière cette porte, j'ai tout entendu !

CLANDESTIN

Alors vous savez que l'oncle...

VICTOR

Est un oncle à la mode de Caen.

CLANDESTIN

Comme les tripes.

VICTOR

Je veux te récompenser de ce que tu as fait pour moi. Sitôt reçu docteur, tu entreras à mon service. Je t'attacherai...

CLANDESTIN

Moi, enchaîné comme un caniche ! Jamais !

VICTOR

Mais non ! Tu seras attaché à ma personne... tu auras de bons gages, et je te prendrai un livret de retraite pour la vieillesse.

CLANDESTIN, à part

Ayons l'air enchanté ! (Haut.) Monsieur Victor, je suis touché ! tant de reconnaissance de votre part me pénètre profondément.

VICTOR

Il faut empêcher ce vieux phoque d'épouser Malvina ! Veux-tu m'aider ?

CLANDESTIN

Je suis votre homme ! je mets mon bras au service du vôtre ! (A part.) Suis-je assez roublard ?

VICTOR, arpentant la scène fièvreusement. Clandestin le suit et l'imite

Il verra, ce vieux mannequin, ce dont est capable Victor Duverdier, lorsqu'on marche sur ses brisées !

CLANDESTIN

Oui, il verra ce vieux-z'hibou, ce dont est capable Jérome Clandestin, lorsqu'on lui marche sur les pieds !

VICTOR, s'arrêtant se trouve nez à nez avec Clandestin
Tu dis ?

CLANDESTIN

La même chose que vous, monsieur Victor !

VICTOR, reprenant sa marche
J'aurai sa peau ou il aura la mienne !

CLANDESTIN, même jeu
Oui, nous aurons sa peau !

VICTOR, s'arrêtant
Tu dis ?

CLANDESTIN

La même chose que vous, monsieur Victor !

VICTOR

Voyons, ne nous échauffons pas inutilement et raisonnons froidemement. Dis-moi, Clandestin, à ma place, que ferais-tu ?

CLANDESTIN

Moi, je m'en irais !

VICTOR

Abandonner la place ? Jamais !

CLANDESTIN

Je... je... Oh ! quelle idée ! soyons canaille ! (Haut.) Si j'étais à la place de Monsieur, et qu'il m'arrive une chose semblable, je ne ferais ni une, ni deux !

D'un coup de pistolet d'arçon
Je m'f'rais sauter le caisson ;
Je mettrais ma tête au bout
D'une corde avec un clou,
Ou pour éviter du bruit
Avant de me mettre au lit
Dans ma chambre tout' fermé'
Je mettrais tout allumé
Un réchaud plein de charbon.
Le truc est aussi très bon,
Ça vaut mieux que l'revolver
Et ça coûte bien moins cher.
Si je voulais quitter la vie
Voilà c'que j'f'rai, j'vous le certifie

ENSEMBLE

VICTOR	CLANDESTIN
Clandestin, je te remercie,	Si je voulais quitter la vie,
Mais je tiens encore à la vie ;	Voila c'que j'f'rais j'vous l'certifie
Tes conseils sont très bons ma foi	Suivez mes conseils, sur ma foi!
Mais tu peux les garder pour toi!	Vous serez content, croyez-moi!

VICTOR

Si tu n'as que ces moyens-là à m'indiquer, tu peux les garder pour toi, c'est idiot !

CLANDESTIN, à part

Raté ! (Haut.) Monsieur a bien tort de demander conseil à un pauvre larbin comme moi !

VICTOR

Allons, ne prends pas la mouche, la colère me rend injuste !

MALVINA, dans la coulisse

Attends-moi, je reviens de suite.

VICTOR

On vient, je regagne mon observatoire ! Silence et discrétion !

CLANDESTIN

Ne craignez rien, je suis muet comme une baleine de parapluie !
(Victor sort.)

SCÈNE IX

Clandestin, Malvina, puis **Robardel**

MALVINA

Que faites-vous ici, Clandestin ? J'allais vous chercher à la cuisine !

CLANDESTIN

Je n'y suis pas à la cuisine, mais je puis aller voir si Madame y est.

MALVINA

Ne continuez pas à faire l'imbécile, et prévenez le concierge que je n'y suis pour personne. Si la couturière vient, qu'on lui dise de venir demain ; je n'essayerai pas aujourd'hui. D'abord, il est trop tard, je l'attendais à deux heures.

CLANDESTIN

Je cours prévenir le concierge, Madame ! (A part, en s'en allant.) Dire que si j'étais couturière, je pourrais l'essayer moi-même !
(Il sort par le fond.)

MALVINA

La consigne est donnée, rien à craindre !

ROBARDEL, paraissant

Suis-je indiscret ?

MALVINA

Pas le moins du monde ! vous savez bien que jamais vous n'êtes indiscret... mais ce que je vous reproche, c'est d'abandonner ainsi vos amies.

ROBARDEL

Vous avez raison, ce n'est pas galant de ma part... mais j'ai une excuse.

MALVINA

Laquelle ?

ROBARDEL

C'est que j'ai besoin d'être seul avec vous pour causer sérieusement de vos intérêts. Venez vous asseoir près de moi sur le canapé (Ils s'asseyent.) et accordez-moi quelques minutes d'attention. Si vous le voulez bien, nous allons établir les bases de notre contrat.

MALVINA

Ça ne presse pas !

ROBARDEL

Si fait ! si fait ! Je vous reconnais un apport de deux cent mille francs. Est-ce suffisant ?

MALVINA

Mais, c'est une fortune que vous me donnez là !

ROBARDEL

Cette fortune n'est rien en comparaison de mon amour pour vous ! On achète bien des brillants cent mille, deux cent mille francs... et sans être lapi-

daire, j'estime que vos beaux yeux sont des diamants on ne peut plus rares, et qu'ils valent le double, le triple de ce que je vous offre.

MALVINA

On n'est pas plus aimable !

ROBARDEL

Je vous aime tant ! Et vous... m'aimez-vous un peu ?

MALVINA

En doutez-vous, ô Ludovic ? (A part.) Il croit être aimé avec une tête pareille !

ROBARDEL

Ma chère amie, je ne vous le cache pas, je suis jaloux, très jaloux ! un tigre ne peut l'être davantage !

MALVINA

De quoi pouvez-vous être jaloux ?

ROBARDEL

De tout !... du passé surtout !...

MALVINA

Du passé... je ne vous comprends pas !

ROBARDEL

Ne faites pas l'ignorante, vous me saisissez très bien, mais je vous pardonne ; ce qui est fait est fait... il n'y a pas à y revenir, mais j'espère qu'à l'avenir...

MALVINA

Je vous comprends de moins en moins !...

ROBARDEL

Alors, je vais préciser : Pourriez-vous me dire quel est ce jeune homme que vous recevez presque quotidiennement, et qui se nomme Victor Duverdier ? Vous voyez que je suis bien renseigné !

MALVINA, à part

Il sait tout ! (Haut.) Que faut-il faire pour vous prouver que vous n'avez rien à craindre ?

ROBARDEL

Ecrire à ce jeune homme qu'il ait à cesser ses visites.

MALVINA

C'est tout ? vous allez être satisfait, vilain jaloux ! (Elle va à la table, prépare son papier et écrit.) Mon cher ami... (Cherchant.) Mon cher ami...

ROBARDEL

La suite vous embarrasse... je comprends ça !
Voulez-vous écrire sous ma dictée ?

MALVINA

Je préfère... je vous écoute !...

ROBARDEL, dictant

Mon cher ami, l'amour n'est pas éternel ; c'est
un feu de paille... qui s'éteint vite !

MALVINA

Tiens ! tiens ! tiens ! mais pourtant vous m'avez
juré un amour éternel... alors, c'est un feu de
paille !

ROBARDEL

Et je vous le jure encore, mon amour n'est pas
comparable à celui de tous ces jeunes frivoles...
j'ai l'expérience !

MALVINA, à part

Et les monacos, heureusement !

ROBARDEL

Ecrivez : « Un jour ou l'autre tu te marieras et
me planteras-là, ne me laissant que mes yeux pour
pleurer. Je préfère prendre les devants. Un riche
parti se présente, ce serait folie de ma part de
le laisser échapper. Je vais me marier. Je vous prie
donc de bien vouloir cesser vos visites qui pourraient
me compromettre. — Malvina. »

MALVINA

Etes-vous satisfait ?

ROBARDEL

Enchanté ! L'adresse, maintenant ! (Elle écrit
l'adresse.) Donnez-moi cette lettre, je me charge de
la faire parvenir.

MALVINA

Ne prenez pas cette peine. Je vais la faire porter
de suite par Clandestin. Sonnez-le, je vous prie.
(Pendant que Robardel remonte pour sonner, elle fait dispa-
raître la lettre et met sous l'enveloppe une feuille blanche:)
Aurez-vous confiance en moi à présent ?
(Elle cachète la lettre.)

ROBARDEL

Comme en moi-même !

SCÈNE X

Les mêmes Clandestin

CLANDESTIN

Madame a sonné ! (à part). En tête à tête avec son
faux oncle ! ô rage volcanique et impétueuse !

MALVINA, tendant la lettre

Cette lettre de suite à son adresse.

CLANDESTIN, prenant la lettre

Bien, madame.

MALVINA, bas et vivement

Ne la portez pas ! (Elle range ses papiers).

ROBARDEL, lui arrachant la lettre des mains. Claudestin va
pour crier

Tais-toi et file ! J'achète ton silence ! (il lui donne
une pièce) cachons cette pièce à conviction. (Il met la
lettre dans sa poche).

CLANDESTIN, examinant la pièce

Un louis ! de l'or à moi ! pour qui me prend-on ?
cachons ma honte ! (Il met le louis dans sa poche) cet or
m'étouffe ! (Il sort).

MALVINA

Avez-vous encore quelques reproches à me faire ?
avez-vous encore quelques scrupules ?

ROBARDEL

Aucun ! Je suis le plus heureux des mortels !

MALVINA

Alors, si vous le voulez bien, nous allons rejoindre ces demoiselles ?...

ROBARDEL

Puis-je disposer de cinq minutes ? un mot à écrire
à mon notaire, et je vous rejoins.

MALVINA

Faites ! mais pas plus de cinq minutes ? car
l'heure s'avance et nous nous mettons à table à six
heures, (lui tendant la main). A bientôt, mon gros
loulou !

ROBARDEL, la reconduisant et lui donnant la main

A tout à-l'heure, ma petite sarcelle argentée !
(Elle sort).

SCÈNE XI

Robardel seul, puis **Victor**

ROBARDEL, se disposant à écrire

Allons, je crois que je n'ai pas perdu mon temps,
et que mon voyage à Paris aura servi à quelque
chose. Tout marche à souhait ! Un mot à Juliette, pour
la mettre au courant de ce qui se passe (Il commence
à écrire.

VICTOR, entrant doucement vient se placer à la droite de Robardel

Le vieux est seul, allons-y ! (lui tapant sur l'épaule) Pardon, Monsieur !

ROBARDEL, à part

C'est lui ! (haut). Que désirez-vous jeune homme ?

VICTOR, se montant peu à peu

Monsieur, il y a des gens qui ont le talent de me porter sur les nerfs dont la vue m'horripile et m'agace, car je suis d'un tempéramment très-nerveux !

ROBARDEL

En effet, vous me paraissez très nerveux. Je crois qu'avec quelques douches...

VICTOR

Trêve de plaisanteries, Monsieur, je ne suis pas disposé à en entendre !

ROBARDEL

Je le regrette ! Enfin que me voulez-vous ?

VICTOR

Monsieur, il y a ici une personne de trop !

ROBARDEL

Eh ! bien, sortez !

VICTOR

Ne raillez pas ! Je grince des dents !

ROBARDEL

Il faut les graisser, jeune homme ! une personne, dites-vous ? mais je ne vois personne autre que vous et moi. La pièce me semble assez spacieuse pour nous deux, du moins, c'est mon avis !

VICTOR

Tel n'est pas le mien !

ROBARDEL, narquois

Je n'ai pas la prétention de vous forcer à être du même avis que moi !

VICTOR

Ne prenez pas cet air moqueur ! Je ne suis pas d'humeur à le supporter !

ROBARDEL

Jeune homme, permettez-moi de vous dire que vous avez un bien vilain caractère.

VICTOR

C'est possible ! j'ai la tête près du bonnet et ne me laisse marcher sur le pied par personne !

ROBARDEL

Je ne crois pas vous avoir marché sur le...

VICTOR

Et quand on marche sur mes brisées, je deviens féroce, je rugis !

ROBARDEL

Vous êtes très amusant, jeune homme, très amusant ! mais je ne vois pas du tout où vous voulez en venir !

VICTOR

A vous dire ceci : que je suis l'amant de Malvina, et que je vous somme de renoncer à elle !

ROBARDEL

Malvina ? Quelle Malvina ?

VICTOR

La maîtresse de céans... que vous voulez épouser. Et je m'oppose à ce mariage !

ROBARDEL

Vous vous y opposez ? Et de quel droit ?

VICTOR

Du droit que je prends, entendez-vous, Don Juan à perruque ! Et je vous somme de vider les lieux au plus vite !

ROBARDEL

Et si je refuse ?

VICTOR

Alors nous nous battrons ! mais il faut que l'un de nous disparaisse !

ROBARDEL

Alors, je vous le répète, allez-vous en !

VICTOR

Une fois ! deux fois ! trois fois ! êtes-vous disposé à me céder la place !

ROBARDEL

Non ! non ! non ! ah ! mais, c'est que je suis entêté, moi aussi !

VICTOR

Comme un mulet ! c'est ce que nous allons voir ! (Il décroche deux épées.) Tenez, prenez cette épée et défendez votre peau !...

ROBARDEL, à part

Il pousse la chose un peu loin ! Je ne m'attendais pas à cela ! Je ne suis pas très ferré sur le maniement du fer !

VICTOR, se montant

Allons, défendez-vous !... Qu'attendez-vous ! mettez-vous en garde !

ROBARDEL, à part

Je me garderai bien de me mettre en garde ! (Haut.) Jeune homme, je ne veux pas me battre avec vous ! je pourrais vous tuer, et j'en aurais du chagrin toute ma vie !

VICTOR

Ah ! vous canez ! Tant pis ! je vais vous larder comme un bœuf à la mode ! (Il le menace de son épée.) Défendez-vous !

ROBARDEL, ramassant l'épée

Il devient très-embêtant ! Tâchons de nous rappeler des leçons du régiment. Je vous attends, jeune homme ! Quand vous voudrez commencer le feu, je suis prêt ! (Il se met en garde.)

VICTOR

Je vais te tuer proprement
En deux temps, trois mouv'ments
Je vais te percer le flanc !

ROBARDEL

Je vais tâcher d'en faire autant,
En deux temps, trois mouv'ments.

VICTOR

Tu peux faire ton testament,
Vieux hibou, vieux manant,
Tu vas mourir à l'instant !

ROBARDEL

Et toi le tien pareillement,
Car tu peux carrément
Dire : adieu, papa, maman !

VICTOR

J'ai le sang chaud, vif et bouillant,
La colère me rend
Rageur, brutal et méchant !

ROBARDEL

Et moi, je suis un vrai volcan !
Je vois roug', je vois blanc,
J'ai soif de boire ton sang !

VICTOR

De ta peau, vieil orang-outang
Je veux faire des gants,
Ici, j'en fais le serment !

ROBARDEL

De la tienne, jeune imprudent,

Je ferai certainement
Faire un tambour épatant
(Ils continuent à ferrailler. Cascades ad libitum).

ROBARDEL, à part

Je commence à avoir chaud ! Je voudrais bien être à cent lieues d'ici !
(Ils se trouvent au milieu de la scène).

SCÈNE XII

Les Mêmes, Clandestin, *puis* tout le monde

CLANDESTIN, accourant du fond se précipite entre les combattants sans le vouloir et reçoit deux coups d'épée

Ah ! je suis mort ! au secours ! à la garde ! à l'assassin !
(Robardel et Victor gagnent les extrémités).

TOUS, accourant

Qu'y a-t-il ? pourquoi ces cris ?

MALVINA

Que vois-je ! un duel chez moi ! Que signifie ?

VICTOR

Cela signifie, Madame, que je suis au courant de vos intrigues ! Et devant tous, je vous somme de vous prononcer ! Oui ou non, êtes-vous bien décidée à devenir la femme de Monsieur ?

MALVINA, à part

Si je recule, adieu la fortune ! (Haut.) Mon cher ami, chacun son tour ; vous avez voulu me lâcher, je vous rends la pareille ! A bon chat, bon rat ! J'épouse Monsieur ! (Elle va vers Robardel.)

CLANDESTIN, à part

Elle convole ! mes rêves envolez-vous !

VICTOR

Et dire que j'ai été assez sot de renoncer à ma cousine pour cette drôlesse ! Pauvre Juliette ! me pardonneras-tu de t'avoir méconnue ?

MALVINA

C'est ma vengeance !

ROBARDEL, se débarrassant de ses postiches

Et la revanche de Juliette qui t'aime toujours et que tu épouseras bientôt ?...

VICTOR

Mon oncle !

TOUS

Son oncle !

— 18 —

ROBARDEL

Oui, ton oncle, qui a juré à Juliette de te sortir du guêpier où tu t'étais fourré, en te prouvant que les petites chattes ne tiennent qu'à l'argent !

VICTOR, allant à son oncle

Ah ! mon oncle !

MALVINA, se laissant aller sur le canapé

Je suis refaite !

CORA, bas à Paulinette

Adieu le petit hôtel !

PAULINETTE

Le pot au lait de la laitière est renversé !

MALVINA, rageuse

Tous mes compliments, Monsieur, le tour est bien joué ! Allons, je n'irai pas encore à l'autel cette année !

CLANDESTIN

Il ne tient qu'à vous, Madame, d'y aller ! Acceptez ma main et je vous y conduis les yeux fermés !
(Il se met à genoux.)

MATHILDE, le gifflant

Insolent ! je vous chasse !

CLANDESTIN, se tenant la joue

Vous me chassez, madame ! moi, vivre si loin de vous ! jamais, plutôt la mort ! (Il sort un flacon et le vide d'un trait. Il tombe sur le canapé et laisse échapper le flacon).

TOUS, se précipitant

Ciel !... (Paulinette et Cora remontent derrière le canapé. Malvina est à la gauche de Clandestin, puis Victor et Robardel).

MALVINA, ramassant le flacon

Le malheureux ! il s'est empoisonné ! Tenez lisez !
(Elle donne le flacon à Victor).

VICTOR

Teinture d'iode !

PAULINETTE

Faut aller chercher un médecin !

CLANDESTIN

Non ! laissez-moi mourir tranquillement !

VICTOR, qui a senti le flacon

Ah ! ah ! elle est bonne !

TOUS

Quoi donc ?

VICTOR

Rassurez-vous, ce flacon de teinture d'iode ne contenait que du Rhum !

CLANDESTIN, à part

La mèche est éventée !

MALVINA, allant à Cora et à Paulinette

Décidément, tous les hommes sont des blagueurs !

CLANDESTIN, à Victor

Il fallait lui laisser croire que j'étais mort, elle aurait peut-être consenti à m'épouser !... Allons, je ferai comme ma sœur, je resterai garçon !

VICTOR

Et tu feras bien !

FINAL

Messieurs, la pièce est terminée
Les auteurs sans le moindre orgueil
Se demandent, l'âme enfièvrée,
Si vous ferez un bon accueil
A la brebis égarée ?
Prouvez que vous êtes contents
Par de nombreux applaudissements !　{ *bis*

RIDEAU

St-Amand (Cher). — Imp. Em. Pivoteau. (P. Cleyet, Rep', 20, rue du Croissant, Paris)

AUTEURS	TITRES DES ŒUVRES	Hommes	Femmes	Prix nets
Divers	Doubles Vierges (Les) T	troupe	»	loc.
Sourilas	Drapeau jaune (Le) T	3	2	4 »
J. Domerc	École buissonnière (L')	3	»	3 »
Ed. Lhuillier	Elle débute ce soir	1	1	4 »
Delaruelle	El señor Piffardino	1	1	6 »
Marsay	En colonne T	troupe	»	loc.
Lebreton-Moreau	Enfant des halles (L') T	3	2	loc.
Villebichot	Entre deux jardins	1	1	4 »
Banès	Escargot (L')	2	3	6 »
D. Dihau	Eternel roman (L')	1	1	4 »
	Faites le jeu, Messieurs (vaud.)T	»	»	loc.
Lebreton-Moreau	Farces du Printemps (Les) T	7	4	loc.
	Faut du prestige (vaudeville) T	»	»	loc.
	Femmes de Valentino (Les) (v.) T	»	»	loc.
F. Chaudoir	Fête à Claudine (La)	1	1	4 »
E. Duhem	Fête à M. le Maire (La)	3	2	4 »
R. Planquette	Fiancé de Margot (Le) T	1	1	6 »
Javelot	Fiancés berrichons (Les)	1	1	3 »
Soulié	Fiancés du bonnet de coton (Les)	1	1	5 »
L. Vasseur	Fichue idée T	2	1	5 »
Liouville	Fièvre phylloxérique (La)	3	2	4 »
Berthe	Fille du charpentier (La)	3	1	5 »
Lebreton-Moreau	Fille du marin (La) T	8	7	loc.
id.	Fils à Papa (Le) T	troupe	»	loc.
	Fils de M. Alphonse (Le) (vaud.) T	troupe	»	loc.
Villebichot	Fleuriste et typographe	1	1	5 »
Divers	Françoise les bas bleus T	troupe	»	loc.
Divers	Frantrognon T	8	11	loc.
Lebreton-Moreau	Frère de lait (Le)	1	2	4 »
id.	Friquet T	9	7	loc.
Cieutat	Furet (Le)	»	1	4 »
Divers	Gavroche et Loup de mer	1	1	loc.
Lefort	Grand'papa de la chanson (Le) T	1	1	3 »
M.-Brisac	Guerre aux hommes (La) T	6	7	loc.
Lebreton-Moreau	Héritière de Carapattas (L') T	8	8	loc.
Villebichot	Hirondelles de la rue (Les)	»	2	3 »
Moniot	Jacotte	2	2	5 »
Nargeot	Jeanne, Jeannette et Jeanneton T	2	3	8 »
Michiels	Jefque et Trinne	1	1	4 »
A. Perronnet	Je reviens de Compiègne	»	1	4 »
Bernicat	Jeunesse de Béranger (La)	3	1	6 »
Lebreton-Moreau	Jocrisses du mariage (Les) T	troupe	»	loc.
L. Collin	Journée aux soufflets (La)	1	1	4 »
Herpin	Ki-Ki-Ri-Ki T	troupe	»	loc.
Desormes	Leçon de musique (La)	1	1	4 »
J. Clérice	Léda T	troupe	»	loc.
Cazaneuve	Loi du pal (La) T	troupe	»	5 »
De Ste-Croix	Madame de Rabucor T	2	1	4 »
Clairville fils	Madame la baronne T	1	1	4 »
Wachs	Madame le docteur	2	1	4 »
V. Roger	Mademoiselle Louloute	2	2	5 »
De Lajarte	Mam'zelle Pénélope T	3	1	7 »
Talexy	Maître Grelot	3	2	7 »
Jouhaud	Mariages riches	1	1	3 »
Moniot	Marianne et Jeannot T	1	2	8 »
Tollet	Marié sans l'être	4	»	3 »
Simiot	Mariés de Nanterre (Les)	1	2	4 »
E. André	Melon (Le) (monologue saynète)	1	»	2 »
Desormes	Menu de Georgette (Le)	3	2	8 »
	Mérite des femmes (Le) (v.) T	»	»	loc.
Lebreton-Moreau	Miss Kissmy T	5	5	loc.
Bessier-Moreau	Môme aux Camélias (La) T	troupe	»	loc.
Chassaigne	Monsieur Auguste	1	1	3 »
Lebreton-Moreau	Monsieur Sans Gêne T	troupe	»	loc.
Joly	Myope et presbyte T	1	1	4 »
Desormes	Nègre de la Porte St-Denis (Le)	3	3	3 »
E. Lhuillier	Nez enchanté (Le)	1	1	3 »
Herpin	Noce à Grospoulot (La)	5	7	loc.
F. Barbier	Noce à Suzon (La)	1	1	4 »
L. Collin	Noces d'or (Les)	2	1	5 »
Lebreton-Moreau	Nos voisins T	6	6	loc.
V. Roger	Nourrice de Montfermeil (La)	»	3	6 »
	Nouvel Achille (Le) (vaud) T	3	1	6 »
Jacobi	Nuit du 15 octobre (La) T	3	1	3 »
Dédé fils	Oncle et Neveu	3	»	3 »
Dufils	Paille et la Poutre (La)	»	2	6 »
Billemont	Pantalon de Casimir (Le)	1	1	6 »
A. Petit	Par autorité de Justice T	5	3	loc.
F. Barbier	Par la fenêtre	1	1	4 »
J. Walter	Par la Gymnastique T	2	1	loc.
Ed. Lhuillier	Pasquinette	1	1	3 »
L. Collin	Petit Saphi (Le)	3	3	5 »
Lebreton-Moreau	Petite baronne (La) T	troupe	»	loc.
Linas	P'tite bête vit encore (La) T	1	6	4 »
Lebreton-Moreau	Petite colonelle (La) T	8	1	loc.
id.	Petites Menichons (Les) T	troupe	»	loc.

AUTEURS	TITRES DES ŒUVRES	Hommes	Femmes	Prix nets
A. Petit	Petits lapins (Les) T	troupe	»	loc.
J. Clérice	Phrynette T	troupe	»	loc.
F. Barbier	Points jaunes (Les)	1	1	5 »
F. Barbier	Poupée automate (La)	1	1	4 »
F. Barbier	Premières armes de Parny (Les)	1	3	5 »
De Ste-Croix	Pygmalion T	1	2	6 »
L. Collin	Qui se dispute s'adore	1	1	4 »
Ch. Lecocq	Rajah de Mysore (Le) T	troupe	»	3 »
Villebichot	Réponse du Berger (La)	1	1	8 »
Jacoutot	Retour de Kerdrec (Le)	troupe	»	4 »
Meugé	Retour de Margotte (Le)	1	1	4 »
Roques	Retour de Mars (Le)	1	2	4 »
L. Collin	Retour de Musette (Le)	1	1	4 »
F. Chaudoir	Roi Claquette (Le) T	3	3	5 »
Desormes	Roland furieux	3	1	6 »
L. Desormes	Romance impossible (La)	2	2	2 »
	Rosière de Valentino (La) T	2	3	loc.
Michiels	Rosière d'Interlaken (La)	1	1	4 »
	Ruy Black (vaudeville) T	»	»	loc.
Ch. Hubans	Sabines (Les)	troupe	»	loc.
Claments	Saint-Yvon (Le)	2	1	5 »
Ch. Lecocq	Sauvons la caisse T	1	1	6 »
R. Planquette	Serment de Mme Grégoire (Le)	1	1	8 »
Lebreton-Moreau	Signe de Léda (Le) T	troupe	»	loc.
Ouvier	Simone et Boquillon	2	1	5 »
Loserre	Soirée d'amateurs	pochade	»	1 »
Claments	Souhaits ridicules (Les) T	2	1	5 »
Meyan	Soupirs du cœur	2	3	4 »
Ch. Malo	Souviens-toi de Clémentine	2	1	4 »
Tac-Coen	Suzette, Suzanne et Suzon	1	3	4 »
Wachs	Tata chez Toto	2	1	4 »
Chassaigne	Toc	2	2	5 »
Bessier-de Gorsse	Tonton T	3	3	loc.
Wachs	Totor et Titine	2	1	4 »
Hubans	Tour de Moulinet (Le) T	2	1	8 »
Cartier	Train des maris (Le) T	2	1	4 »
	Trésor des Dames (vaudeville) T	troupe	»	loc.
Lebreton-Moreau	Treize jours d'un Parisien (Les) T	troupe	»	loc.
id.	Treizième spahis (Le) T	troupe	»	loc.
id.	Trio de troupiers T	troupe	»	loc.
id.	Trois Maçons (Les) T	4	2	loc.
id.	Truc de Casimir (Le)	1	2	loc.
L. David	Tu l'as voulu T	3	1	5 »
Javelot	Un amour d'épicier	2	1	4 »
P. Henrion	Un charcutier dans les fers	1	1	4 »
Chassaigne	Un Coq en jupons	1	1	4 »
Banès	Un do malade	2	1	5 »
Wachs	Un domestique pour rire	1	1	4 »
G. Laurens	Un futur sur le gril	2	1	4 »
Ch. Malo	Un gendre à poigne	2	2	5 »
Pericaud	Un hercule qui ne veut pas se rouiller	2	1	4 »
Cambillard	Un mariage à la force du poignet	1	1	3 »
Ch. Malo	Un mariage au flageolet	1	1	4 »
Dauphin	Un mariage en Chine T	4	1	6 »
Bernicat	Un mari à l'essai	1	1	4 »
Pericaud	Un mari en grande vitesse	3	1	4 »
L. Collin	Un mauvais conscrit	2	»	4 »
F. Barbier	Un souper chez Mlle Contat	»	2	5 »
Bernicat	Une aventure de clairon	troupe	»	6 »
E. André	Une drôle de Marquise	2	1	3 »
Claments	Une étoile d'antichambre T	2	1	5 »
Jouhaud	Une femme du quart du monde	2	1	4 »
Villebichot	Une femme qui bégaie T	3	2	6 »
L. Roques	Une femme tombée du Ciel	1	1	5 »
Villebichot	Une fille à trucs	3	1	4 »
Liouville	Une fille en loterie	2	1	4 »
Desormes	Une lune de miel normande	1	1	4 »
L. Collin	Une mariée sans mari	1	1	4 »
Ed Lhuillier	Une marine à la vapeur	1	1	3 »
Desormes	Une mauvaise connaissance	3	2	5 »
Moreau-Darsay	Une mauvaise nuit T	2	2	loc.
	Une nourrice sur lieu (vaud.) T	»	»	loc.
Duhem	Une partie à Robinson	2	2	4 »
Wachs	Une pleine eau à Chatou	2	1	4 »
Bernicat	Une poule mouillée	1	»	4 »
Chassaigne	Une table de café	2	»	4 »
R. Planquette	Valet de cœur	1	»	4 »
J. Walter	Végétariens (Les) T	troupe	»	loc.
L. Roques	Vénus infidèle (Retour de mars) T	1	»	4 »
Lebreton-Moreau	Vierges du chahut (Les) T	troupe	»	loc.
id.	Vocation d'Isoline (La)	1	»	5 »
Jacobi	Voilà l'plaisir mesdames	2	»	4 »
Ch. Hubans	Voiture à vendre T	2	»	4 »
Divers	Volontaire de 92 (le) T	troupe	»	loc.
Tac-Coen	Volontaire et vivandière	4	1	4 »
Herpin	Voyage de noce (Le)	4	1	loc.

Livrets d'opéras et opéras-comiques, net : **2** francs. — Livrets d'opérettes, net : **1** franc

Pour la location de l'orchestre ou l'abonnement, s'adresser à l'Éditeur